AF370224

29 Mai 1888

V

VENTE DU MARDI 29 MAI 1888

HOTEL DROUOT, SALLE N° 1

EN VERTU D'ORDONNANCE

Après décès de M. ARNOULD

ÉBÉNISTE

MEUBLES

EN BOIS SCULPTÉ

Meubles Anciens et de Style

SIÈGES

MODÈLES — CADRES

EXPOSITION PUBLIQUE

LE LUNDI 28 MAI 1888

DE 1 HEURE A 5 HEURES

Mᵉ PAUL CHEVALLIER	M. CHARLES MANNHEIM
COMMISSAIRE-PRISEUR	EXPERT
10, rue de la Grange-Batelière, 10	7, rue Saint-Georges, 7

IMPRIMERIE DE L'ART

CATALOGUE

DES

MEUBLES

EN BOIS SCULPTÉ

Consoles, Buffets, Miroirs, Tables, Armoires
Crédences, Vaisselier

MEUBLES ANCIENS

SIÈGES

Fauteuils, Chaises, garnis et non garnis; Pendules
Cadres anciens, Tapisseries, Cuirs, Étoffes

DONT LA VENTE AURA LIEU

En vertu d'ordonnance

Après décès de M. ARNOULD, ébéniste

HOTEL DROUOT, SALLE N° 1

Le Mardi 29 Mai 1888

A DEUX HEURES

Mᵉ PAUL CHEVALLIER	M. CHARLES MANNHEIM
COMMISSAIRE-PRISEUR	EXPERT
10, rue de la Grange-Batelière, 10	7, rue Saint-Georges, 7

EXPOSITION PUBLIQUE

Le Lundi 28 Mai 1888, de une heure à cinq heures

CONDITIONS DE LA VENTE

Elle sera faite au comptant.

Les acquéreurs payeront, en sus des adjudications, *cinq pour cent* applicables aux frais.

L'exposition mettant le public à même de se rendre compte de l'état des objets, il ne sera admis aucune réclamation une fois l'adjudication prononcée.

Paris. — Imp. de l'Art, E. Ménard et Cⁱᵉ, 41, rue de la Victoire.

DÉSIGNATION DES OBJETS

MEUBLES EN BOIS SCULPTÉ

1 — Belle console, de style Louis XIV, en bois de chêne sculpté à ceinture quadrillée, supportée par deux sphinx ailés couchés sur des traverses feuillagées portant un vase à fleurs. Dessus en marbre.

2 — Baromètre-thermomètre en bois de chêne sculpté, de style Louis XVI, élégant modèle à tore de laurier, guirlandes, feuilles et treillis. Le couronnement, emblèmes de l'Amour, date de l'époque Louis XVI.

3 — Petite console-applique en bois sculpté et blanchi, de style Louis XIV.

4 — Autre de même style, à mascaron.

5 — Grande console de style Louis XIV en bois sculpté à ceinture armoriée, à coquilles et rinceaux, supportée par quatre pieds-consoles godronnés et feuillagés.

6 — Console de style Régence en noyer sculpté, bandeau à palmes et feuillages, découpés à jour. Elle repose sur deux pieds ornementés, à volutes, rapprochés à la base et réunis par une entretoise.

7 — Grand buffet à deux corps Louis XIV, en chêne sculpté à fleurettes, treillis et pentes ; le bas à vantaux pleins ; le haut, à portes vitrées.

8 — Grand miroir à encadrement et fronton en glaces biseautées, avec encadrements de moulures ornementées et d'appliques à mascarons en bois sculpté et doré, de style Louis XIV.

9 — Miroir, de forme contournée, en poirier sculpté, à décor de fleurettes, feuilles d'acanthe et rinceaux dans le style de Bagard. Glace biseautée.

10 — Petite table à jeu en bois de chêne sculpté, de style Louis XIV, à tablette bordée d'oves, bandeau quadrillé à coquille et rinceaux, pieds cambrés à volutes et feuillages.

11 — Deux petits piédestaux, style Louis XVI, fûts de colonnes cannelés flanqués de gaines reliées par des guirlandes de laurier.

MEUBLES ANCIENS ET DE STYLE

12 — Commode Louis XV, ventrue, à trois tiroirs, en bois de placage et marqueterie à fleurs, garnie de cuivres rocailles ciselés et dorés, et à dessus de marbre.

13 — Commode Louis XVI amarante et bois rose à filets marquetés. Dessus en marbre.

14 — Commode Louis XVI à colonnes d'angles cannelées, en acajou à baguettes de cuivre poli. Tablette de marbre blanc bordée d'une galerie de cuivre.

15-16 — Deux armoires à deux corps et à fronton entrecoupé, en noyer, décorées en marqueterie de bois, de fleurons et festons de fleurs, et garnis de modillons, de chapiteaux et d'ornements sculptés. Style Louis XIII.

17 — Crédence en noyer, style Ducerceau, à colonnes et à portes latérales.

18 — Vaisselier bordé d'une galerie à balustre en noyer.

19 — Toilette Louis XV.

20 — Armoire Louis XV à portes pleines décorées de moulures.

21 — Guéridon Louis XVI en acajou.

22 — Bureau Louis XVI en acajou.

23 — Petit bureau Louis XV, à pieds contournés et à tiroirs superposés, en bois d'acajou.

24 — Coffre en bois sculpté à façade décorée de rinceaux feuillagés. XVIIIe siècle.

25 — Autre en chêne à boudins verticaux et colonnettes engagées.

26 — Petit bureau de forme Louis XV en bois rose et amarante, garni de cuivres ciselés et dorés.

27 — Table Tronchin, de style Louis XVI, en bois d'acajou.

28 — Support ou selle en bois de chêne, reproduction d'un meuble du Musée de Cluny.

29 — Buffet-vaisselier en noyer à deux corps; celui du bas à deux vantaux pleins et à colonnes torses, date du XVIIe siècle; le corps supérieur, à tablettes bordées de galeries, a été rapporté.

30 — Table de nuit, style Renaissance, en noyer sculpté, surmontée d'une tablette à galerie.

31 — Toilette en acajou, à dessus de marbre blanc.

32 — Secrétaire Empire en noyer à colonnes engagées.

33 — Bureau ministre en acajou moucheté.

34-35 — Deux tables à tiroirs en chêne.

36 — Torchère en acajou à tige cannelée, élevée
sur trois pieds.

37 — Petit métier à tapisserie de forme Louis XV,
en bois satiné et bois violette, à montants sur
patins reliés par une traverse.

38 — Écran de forme Louis XV, en noyer, à rinceaux feuillagés et guirlandes de fleurs sculptées en relief.

39 — Autre de style Régence, à coquilles, rinceaux,
feuillages et volutes.

SIÈGES. BOIS. MODÈLES

40 — Bois de fauteuil d'enfant, de style Louis XVI,
en bois sculpté et blanchi, modèle dit « le fauteuil du Dauphin ».

41 — Fauteuil, chaise et tabouret, de style Louis
XVI, en noyer sculpté, à décor de piastres et

rais de cœur, pieds cannelés à tigettes ; ils sont garnis de velours grenat frappé ; plus, quatre bois de chaises de même modèle.

42 — Cinq chaises en noyer, style Louis XVI, à dossiers-lyres ; deux sont recouvertes de velours.

43 — Six chaises contournées de forme Louis XV, en noyer ; cinq bois, la sixième garnie en velours rouge.

44 — Petit fauteuil de bureau en noyer, de forme Louis XV, foncé de canne.

45 — Deux bois de chaises, pieds et montants cannelés, dossiers-lyres.

46 — Bois de bergère. Style Louis XVI.

47 — Chaise percée du temps de Louis XV, à dossier canné.

48 — Tabouret en noyer, tourné à accotoirs.

49 — Grand fauteuil de bureau, en noyer sculpté, à feuillages et rinceaux Louis XV, foncé de canne.

50 — Deux bois de chaises contournées. Style Louis XV.

51 — Bois de chaise style Louis XVI, à rais de cœur et perles, dossier carré.

52 — Quatre bois de fauteuils et un bois de causeuse, à dossiers carrés, pieds et montants cannelés, modèle à perles et rais de cœur.

53 — Tabouret de style Régence, à coquilles, rinceaux et pieds crambrée à volutes.

54 — Bois de fauteuil de style Régence, en noyer sculpté, d'une riche ornementation à guirlandes, feuilles et coquilles.

55 — Quatre tabourets ronds, de style Louis XVI, à ceinture ornementée et à pieds cannelés à tigettes, garnis en blanc.

56 — Deux chaises, style Renaissance, en noyer, couvertes de drap rouge.

57 — Deux tabourets de milieu, bois sculpté. Style Régence.

58 — Deux bois de tabourets, style Louis XVI, ceinture à perles et rais de cœur, pieds cannelés en spirale.

59 — Autre de style Louis XIV.

60 à 63 — Plusieurs bois de tabourets de pieds.

64 — Plusieurs bois de tabourets carrés.

65 — Six bois de chaises, style Louis XVI, pieds

cannelés à tigettes, ceinture à boucles fleuronnées.

66 — Bois de chaise en chêne sculpté, de forme Louis XV.

67 — Chaise paillée Louis XVI à dossier-lyre.

68 — Deux chaises.

69 — Six chaises de l'époque Louis XV, en bois sculpté, à fleurettes et rocailles, foncées de canne dorée.

70 — Tabouret à coins coupés, sculpté et peint en blanc.

71 — Bois de fauteuil Louis XIII, à dossier carré.

72 — Quatre bois de fauteuils contournés, style Louis XV, à fleurettes sculptées.

73 — Bois de fauteuil de style Louis XVI.

74 — Chaise style Régence, foncée de canne.

75 — Bois de fauteuil. Style Louis XIII.

76 — Bois de fauteuil. Style Louis XVI.

PENDULES

77 à 79 — Trois pendules religieuses plaquées d'écaille, incrustées de filets de cuivre et à moulures et vases de bronze ciselé et doré.

80-81 — Deux pendules de style Louis XIV, plaquées d'écaille, incrustées de filets de cuivre et garnies de bronzes ciselés et dorés au mercure, tels que cariatides, feuillages, vases et moulures. Couronnement à galerie surmonté d'une figurine d'enfant.

82 — Pendule Louis XV en bois noir incrusté de cuivre, et garnie de bronzes rocailles ciselés et dorés.

83 — Reproduction de la pendule qui précède.

84 — Deux appliques en bronze à deux lumières, modèle à cor de chasse lié par un ruban, décoré d'une branche de chêne.

CADRES

85 — Cadre rectangulaire Louis XIV en bois sculpté.

86 — Cadre ovale Louis XVI sculpté et doré, profil plat à perles et ruban, enrichi d'une guirlande de roses.

87 — Cadre de style Louis XV, à canaux, coins et milieux saillants à feuillages.

88 — Dix cadres anciens de bois sculpté seront vendus sous ce numéro.

89 — Deux grands cadres en bois sculpté, peint et doré, à feuillages. Style italien.

90 — Cadre en noyer, style Renaissance, à festons et moulures, flanqué de cariatides et à fronton.

91-92 — Deux cadres de style Louis XIV, en bois sculpté, à coins saillants chargés de fleurs et de rinceaux.

93 — Petit cadre en chêne sculpté, à décor de rinceaux et de feuilles en relief.

94 — Autre de style Louis XIV.

OBJETS VARIÉS

95 — Serrure gothique en fer, garnie de fleurons rapportés; à plaque ajourée et cache-entrée flanqué de contreforts.

96 — Deux statuettes en bois sculpté : la Vierge et Saint Jean. XVIIᵉ siècle.

97 — Deux appliques Louis XVI, bois et pâte dorés.

98 — Feuille d'écran en tapisserie au point, à personnages et encadrement de fleurs.

99 — Garniture de lit en ancienne tapisserie au point.

100 — Deux anciennes tapisseries à personnages, avec bordures à fleurs, fond noir.

101 — Garniture de lit en serge verte soutachée.

102 — Lot d'anciens cuirs peints à fleurs sur fond doré.

103 — Plusieurs lots d'assiettes, soupières, saladiers et plats en ancienne faïence.

40 gu
2 gr
55 d
10. d

RED. :

15

BIBLIOTHEQUE NATIONALE DE FRANCE

****

CHATEAU DE SABLE

1996